그래도 예수님은 너를 사랑해

그래도 예수님은 너를 사랑해

바른북스

하나님의 존귀한 자, ________________에게

예수님의 사랑을 듬뿍 담아 이 책을 드립니다.

- 하루에 한 편의 시를 알고 음미하며, 읽고 필사하며, 나의 감정을 써 내려갈 수 있는 시간이 주어진다면 그 하루는 한 편의 시와 같을 것입니다.

- 이 책의 가이드 : 책을 서둘러 읽기보다는 하루에 한 편의 시를 골라 읽기를 권합니다. 왼쪽 페이지에서는 시가 시작되고, 오른쪽 페이지에는 공간과 여백이 있어, 시를 읽고 음미한 것을 적거나 시를 필사하거나 생각나는 말씀을 적거나 나의 느낌을 적어 간다면 이 책은 당신 자신의 책이 될 것입니다.

- 크리스천 시집이 더 많이 만들어지기를 소망하며 이 책을 연다.

목
차

PART1.

처음

PART2.

마음

PART3.

예배

PART4.

말 그리고 언어

PART5.

꿈 그리고 동행

PART6.

하루 그리고 삶

PART7.

그분의 뜻 I

PART8.

그분의 뜻 II

• PART 1 •

처음

서시

하나님이 주신 꿈을
이루기 위해 나는
받아들이는 연습을 하고 있다

하나님이 우선순위가
되기 위해 나는
버리는 연습을 하고 있다

하나님의 뜻을
분별하기 위해 나는
계속 하나님을 찾는 연습을 하고 있다

하나님이 원하시는
모습으로 살기 위해 나는
나 중심에서 하나님 중심으로 가는 연습을 하고 있다

하나님의 마음을

알기 위해 나는

끊임없이 질문하는 연습을 하고 있다

준비함. 준비됨

준비되기 위해
나는 준비하기로 했다

계획이 이루어지기 위해
나는 계획하기로 했다

미래로 가기 위해
나는 미래로 갈 준비를 하기로 했다

나의 준비됨은
나의 준비함으로 이루어진다

기다림

기다리겠습니다
기다리다 지치지 않게 하소서

기다리겠습니다
기다리다 힘들지 않게 하소서

기다리겠습니다
기다리다 멈추지 않게 하소서

기다리겠습니다
기다리다 돌아서지 않게 하소서

기다리겠습니다
기다리다 아프지 않게 하소서

기다리겠습니다
기다리고 또 기다리겠습니다

기다리겠습니다

온전한 마음으로 기다리겠습니다

주님이 원하시는
그런 하루를 살게 하소서

하루가 지쳐갈 때
주님이 원하시는 하루를 살게 하소서

하루가 힘들 때
주님이 바라시는 하루를 살게 하소서

하루가 고단할 때
주님을 바라보며 주님이 원하시는 삶이
무엇이었는지 다시금
알게 하소서

하루가 끝날 때
주님이 원하시는 삶이
이런 것이었는지 다시금
하루를 돌아보게 하소서

모든 상황 속에서

내가 모든 상황 속에서
하나님을 찾는지 돌아보게 하소서

내가 모든 상황 속에서
찬양하는지 알게 하소서

내가 모든 상황 속에서
주님께 시선이 있는지
주님이 내 중심에 있게 하는지 알게 하소서

내가 너무 기쁠 때도
내가 너무 슬퍼할 때도
내가 너무 지쳐 아무것도 할 수 없을지라도
내가 너무 힘들어도
내가 정말 모든 상황 속에서
하나님만 바라며 살게 하소서

모든 상황 속에서

주님만 찬양하게 하소서

시냇가에 심은 나무

너는 시냇가에 심은 나무라
계절을 따라 열매 맺는다

나무의 잎사귀는 마르지 않고
너가 하는 일 모두 형통하리라

너는 시냇가에 심은 나무라
악한 길에 서지 않고

의인의 길에 서 있으니
너가 하는 일 모두 형통하리라

주가 인정하시네
주가 인정하시네

너는 시냇가에 심은 나무라

A tree planted by streams of water

You are like a tree planted
By streams of water

Which yields the fruit in season
Those leaf does not wither
Whatever you do prospers

You are like a tree planted
By streams of water
You do not stand in the way of the wicked
Whatever you do prospers

The LORD watches over
The LORD watches over

You are like a tree planted
By streams of water

하나님께서 꾸짖으시네

하나님께서 꾸짖으시네
우리 안에 사랑이 없음을

하나님께서 꾸짖으시네
우리 안에 믿음 없음을

하나님께서 꾸짖으시네
우리 안에 소망을 지우고 있음을

하나님께서 말씀하시네
서로 사랑하라고 하시네

하나님께서 말씀하시네
서로 신뢰하라고 하시네

하나님께서 말씀하시네
소망을 회복하라고 하시네

우리가 세상 사람들과 똑같이 생각하면
어찌 우리가 그리스도인인가?

우리가 세상 사람들과 똑같이 말하면
어찌 우리가 하나님의 자녀라 불릴 수 있는가?

우리가 세상 사람들과 똑같이 행동하면
어찌 우리가 참 그리스도인인가?

다른 유익을 구하지 않습니다

주님,

다른 유익을 구하지 않게 하소서

주님,

오직 주님만을 바라며 살도록 하소서

주님,

마음이 항상 평안하도록

세상의 명예, 부, 권력에 의해 무너지지 않도록

세상의 것들로 인해 상처받지 않도록

사람들로 인해 상처받지 않도록

오직 주님만 바라며 살기에

그 어떤 것에도 흔들리지 않도록

굳건히 주의 길로만 갈 수 있게 하소서

당신은
하나님의 걸작품

당신은 하나님이 사랑하는 자
하나님의 걸작품

오늘 하루
주님의 축복 속에 있기를

어디에 있든지
무엇을 하든지
주님 뜻 가운데 있으니

당신의 얼굴에 미소가 가득하죠
당신의 얼굴에 기쁨이 가득해요

당신은 하나님이 사랑하는 자
하나님의 걸작품

오늘 하루
주님의 평안 가운데 있기를

어떤 일을 하든지
누구와 있든지
주님의 뜻 가운데 있으니

당신의 모습 속에 주님이 보이죠
당신의 모습 속에 주님이 드러나죠

예수님은
나의 소울메이트

세상 속에서
나는 나의 소울메이트를
찾고 있었지

나는 찾지 못하고
계속 헤매었지

주께 기도했어
나의 소울메이트를 찾게 해달라고

주께서 말씀하셨어
“너의 소울메이트는 나란다”

헤매고 헤매었는데
나의 진정한 소울메이트는
항상 내 옆에 있던 거였어

이제 고백하는 말,

'나의 소울메이트는 예수님이야'

• PART 2 •

마음

마음의 소원

마음에 소원이 생기고

마음의 소원이 기도가 되고

기도는 우리의 약속이 되고

주님과 함께 한 언약이 된다

하나님 마음 품기

오늘도 하나님의 마음을 품어 봅니다
하루하루가 하나님의 작은 꿈들이
채워져 가는 마음을 봅니다

하나님의 비전을 바라보며
하나님의 꿈을 향하여

나는 하나님이 주신 꿈을 다시금 되돌아봅니다

혹시 내가 길을 잘 가고 있는지
혹시 길을 잃고 헤매고 있지는 않은지

내가 지금 잘하고 있는지
나의 삶이 하나님이 원하시는 삶으로 바뀌고 있는지
다시금 돌아봅니다
다시 되새김질합니다

주님의 시간 속에서

주님의 시간 속에서
살게 하신 주님의 마음은
아마도 주님의 삶을 살게 하신
주님의 뜻이 있음을

주님의 시간 속에서
살게 하신 주님의 음성은
아마도 주님의 뜻을 따르는 제자의 삶을 살게 하시려는
주님의 계획이 있음을

주님의 시간 속에서
살게 하신 주님의 뜻은
아마도 주님의 계획에 따라 삶을 살아내는 의지와 생
각을 나타내시려는
주님의 생각이 있음을

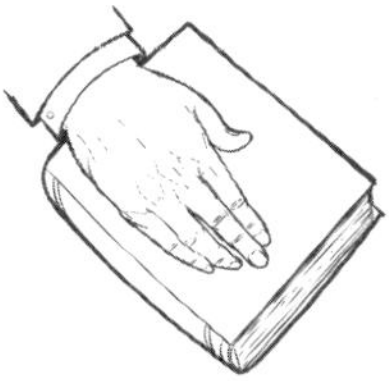

나의 생각이 겸손함으로

나의 모습이 겸손함으로
주님께 나아갑니다

나의 마음이 겸손함으로
주님께 아뢥니다

나의 생각이 겸손함으로
주님께 기도합니다

내가 '겸손의 옷'을 입을 때
주님께서 나를 보시고
주님의 자녀로 삼으사
주님의 일꾼되어
주의 일 하게 하소서

그리스도
예수의 마음 품기

주님,

그리스도 예수의 마음을 품게 하소서

그분의 마음으로 삶을 살게 하소서

주님,

그리스도 예수의 마음을 품게 하소서

그분의 마음으로 선을 이루게 하소서

주님,

그리스도 예수의 마음을 품게 하소서

그분의 마음으로 주님을 드러내게 하소서

주님,

그리스도 예수의 마음을 품게 하소서

그분의 마음으로 그리스도의 향기 되게 하소서

마음에 머물다

하나님 마음에 머물고 싶다
하나님 마음 알아
내가 그의 음성에 귀 기울이길

하나님 마음에 머물고 싶다
하나님 마음 알아
그 생각대로 내가 움직이길

하나님 마음에 머물고 싶다
하나님 마음 알아
그 뜻대로 내가 행하기를

하나님 마음에 머물고 싶다
하나님 마음 알아
잠잠히 있어 하나님 마음에 귀 기울이길

주님의 마음 알게 하사

우리의 고통을 보시고
주님 슬퍼하시네

우리의 아픔을 보시고
주님 슬퍼하시네

환란의 때에
주님 찾게 하소서

고난의 때에
주님 바라게 하소서

주님 마음 알게 하사
주님이 주신 길 가게 하소서

주님 마음 알게 하사
주님이 주신 방법 취하게 하소서

주님 마음 알게 하사

주님이 주신 계획 안에 있게 하소서

• PART 3 •

예배

예배의 회복

주님은 예배를 회복하기 원하시네
주님은 우리가 모인 이곳에 계시길 원하시네
주님은 주님의 이름으로 모인 곳에 동행하길 원하시네
주님은 예배가 회복되길 원하시네

찬양이 있는 곳에, 기도로 모인 곳에, 말씀 중에
함께 하시길 원하시네

감격의 예배

우리가 다시 모여 예배하는 날이 오리
감격의 눈물로 예배하게 되리

우리가 다시 모여 예배하는 날이 오리
간절함으로 예배하게 되리

우리가 다시 모여 예배하는 날이 오리
온전한 기쁨으로 예배하게 되리

오늘 우리가 드리는 이 예배를 기억하게 하소서
다시 예배하는 날이 오면
벅찬 가슴으로 예배하던 그 날을 기억하게 하소서

-다시 함께 모여 예배드리기를 소망하며,
언제일지 모를 그 날을 기다리며-

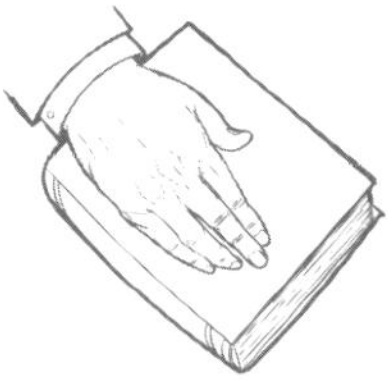

예배를 그리다

(-예배를 그리워하는 모든 자를 위해)

오늘도 우리는 예배를 기다립니다
오늘도 예배를 소망합니다
간절한 마음으로 예배를 그립니다

예배를 향한 우리의 마음이
더 간절하길 원합니다

예배를 향한 우리의 모습이
진정으로 달라지길 원합니다

예배를 향한 우리의 소리가
주님께 닿길 원합니다

들으소서
그리고 응답하소서
간절히 기다립니다

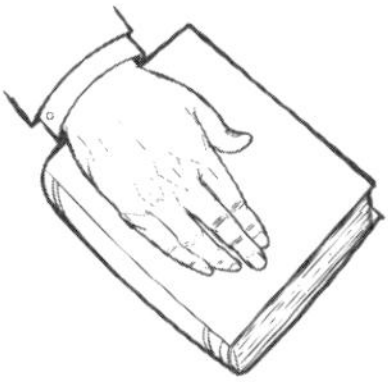

주님이 있는 곳에

주님이 있는 곳에 나 있기 원하네
주님을 예배하며 찬양하는 곳에

주님이 있는 곳에 나 있기 원하네
주님 이름으로 모인 곳에

주님이 있는 곳에 나 있기 원하네
주님의 성전이 있는 곳에

주님이 있는 곳에 나 있기 원하네
주님의 사랑을 전하는 곳에

주님이 있는 곳에 나 있기 원하네
주님의 돌보심이 필요한 곳에

나 항상 주님이 계신 곳
그곳을 향해 있네

겸손히 주님께

겸손히 주님께 나아가오니
주님을 바라봅니다

나의 모습 이대로 나아가오니
주님만 알게 하소서

나의 연약함 그대로 쓰시기를
원하시는 주님

주님 안에서 항상 주님의 일꾼으로
살게 하소서

주님의 마음을 알게 하소서
주님이 원하시는 삶을 살게 하소서

새 예배

새 영으로 주님께 새 예배를 드립니다

닫힌 마음 열게 하시고
강퍅한 마음 사라지게 하시네

새 영으로 주님께 새 예배를 드립니다

우리가 새 영을 가질 때 기뻐하실 주를 찬양합니다
우리가 새 예배를 드릴 때 기뻐하실 주를 찬양합니다

굳은 마음 없애시고
부드러운 마음 주시네

새 마음으로 주님께
새 예배를 드리게 하소서

회복의 비

하늘에서 비를 내리시네
우리를 위한 회복의 비를 내리시네

하늘에서 비를 내리시네
성령의 비가 되어 내리시네

우리에게 이른 비도 주시지만
늦은 비도 허락하시네

허락하신 늦은 비를 감사함으로
받길 원하네

우리를 사랑하신 만큼
비를 내리시네

우리를 회복시키려
비를 내리시네

우리에게 회복의 비를
내리시네

한 분을 위한 노래

내가 노래할 때
한 분을 위한 노래 부르리

그 노래는
세상의 노래가 아닌
오직 한 분을 위한 노래가 될 것이니

내가 그 노래할 때
그분 귓가에 들려지기를

나의 맘이 그분에게만은
알 수 있기를

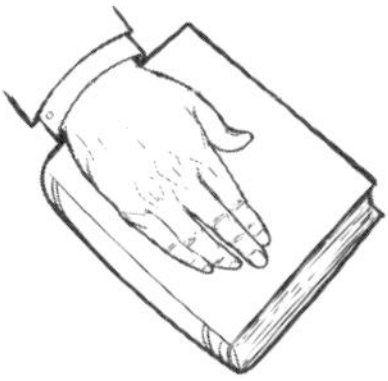

· PART 4 ·

말 그리고 언어

하나님의 언어

주님의 이름으로 모인 곳에
하나님의 언어가 사용되게 하소서

주님의 사랑을 전하는 곳에
하나님의 언어가 사용되게 하소서

주님의 은혜를 나누는 곳에
하나님의 언어가 사용되게 하소서

내가 있는 이 자리에
하나님의 언어가 사용되게 하소서

주님의 사랑이 필요한 곳에
하나님의 언어가 사용되게 하소서

주님을 모르는 이에게 주님을 전할 때
하나님의 언어가 사용되게 하소서

-우리가 언제나 하나님의 언어를 할 수 있기를 소망합니다-

내가 예수 외에는
자랑할 것이 없나니

내가 우리 주 예수 외에는 자랑할 것이 없습니다
그가 항상 나의 발걸음을 살펴보시고
그가 나의 발걸음을 이끄시네

내가 예수 외에는 자랑할 것이 없습니다
내가 예수 외에는 자랑할 것이 없습니다
내가 예수 외에는 자랑할 것이 없습니다

May I never boast except our LORD, Jesus
He watches my step all the time
He directs my step

May I never boast except our LORD, Jesus
May I never boast except our LORD, Jesus
May I never boast except our LORD, Jesus

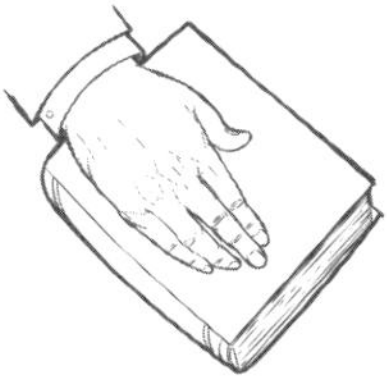

작은 한 걸음이라도

자꾸 내 상황을 점검한다
얼마큼 왔는지, 어디까지 왔는지
잘 가고 있는지 헤매이고 있진 않은지

앞만 향해 나아가야 하는데
왠지 제자리에서 맴돌기만 한다는 생각이 든다

조금만 있으면 한가지 목표는 완성인데,
이 목표가 나에게 오지 않는다
자꾸 멀게만 느껴진다

주님,
한 가지씩, 한 걸음씩 가게 하소서
작은 한 가지라도 괜찮습니다
작은 한 걸음이라도 괜찮습니다

매일 이렇게 걷다 보면

매일 이렇게 지내다 보면

목표가 어느새 가까워질 것 같은

마음이 듭니다

주님,

내가 하나님의 일에,

하나님이 주신 꿈에

조건을 붙이지 않게 하소서

오직 하나님만 드러나시기를

주님, 내가 무엇을 하든지
오직 하나님만 드러나시기를

주님, 삶 속에서 잠시 길을 잃어버릴 때
하나님과 항상 동행하기를

주님, 하루의 순간순간마다
하나님과의 약속을 기억하기를

주님, 선택의 기로에 있을 때
오직 하나님만을 선택하기를

주님, 내가 있는 어느 곳에서든
내가 아닌 오직 하나님만 드러나시기를

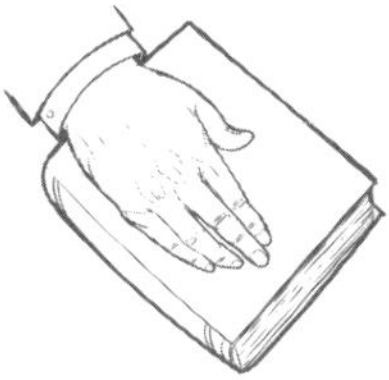

하나님의 언어 II

계속되는 고된 삶 속에서
하나님의 언어가 사용되어
평안의 삶으로 바꾸소서

때로 지치고 낙담할 때에도
하나님의 언어가 사용되어
기쁨의 날이 오게 하소서

주님을 모르는 곳에도
하나님의 언어가 사용되어
주님을 알게 하소서

구석구석 곳곳마다
하나님의 언어가 사용되어
주님만이 나의 소망임을 알게 하소서

주의 말씀으로
나를 살게 하사

주의 말씀이 나를 붙들어

살게 하시고

주의 말씀이 나를 깨워

새 삶 허락하시네

주의 말씀이 나를 감싸

주의 길로만 가게 하시고

주의 말씀이 나에게 맴돌아

주의 말씀 속에 거하게 하시네

주의 뜻 나에게 전해지고

나의 삶 속에 들어와

주의 말씀이 나의 마음에 있어

주의 생각으로 가득하게 하시네

주의 말씀이 나에게 있어

내 발걸음 굳게 세우네

주님의 성품 닮아가기

주님의 성품 닮고파
주님의 사랑에
주님의 희락을 담는다

주님의 화평과 오래 참음 속에
주님의 양선과 자비를 넣는다

주님의 충성과 온유와 절제를 합하니
주님의 성품이어라

주님의 성품을 담아
우리의 모습 속에
주님을 드러내 본다

Example for believer

(-믿는 자에게 본이 되어)

Someday

I wanna be an example for believers

In speech

Someday

I wanna be an example for believers

In behavior

Someday

I wanna be an example for believers

In love and in faith

Someday

I wanna be an example for believers

In purity

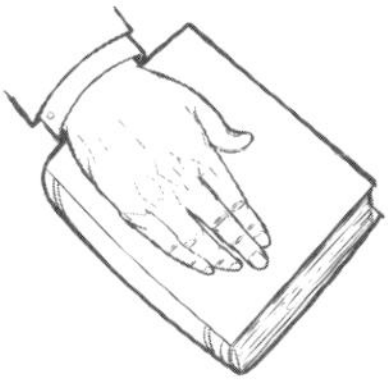

찬양이란

내가 알고 있는 찬양이라는 것은
주님을 향한 것이다

내가 기억하고 있는 찬양은
주님을 위해 부르는 것이고

내가 이제 불러야 할 찬양은
내 마음 깊이 가지고 있는 주님에 대한 내 마음을,
내 모습을 표현하는 것이며 드러내는 것이다

내가 정말 찬양을 할 때
진정으로 주님께 찬양의 소리를 내고 있는가

• PART 5 •

꿈 그리고 동행

하나님의 꿈

주님, 나로 하나님의 꿈을
꿈꾸게 하소서

하나님의 꿈꾸신 세상
꿈꾸게 하소서

하나님의 꿈꾸신 사람
꿈꾸게 하소서

하나님의 꿈꾸신 것들로
꿈꾸게 하소서

주님, 나로 하나님의 꿈을
꿈꾸게 하소서

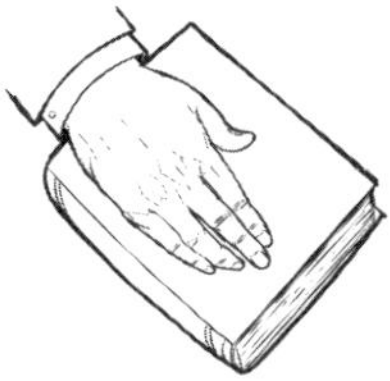

나의 마음이, 나의 꿈이

주님,
나의 마음이 조급해지지 않게 하소서
오직 주님만 바라보게 하소서
주님 안에 거하여 하루하루 살게 하소서

주님,
나의 꿈이 하나님의 꿈이게 하소서
하나님의 꿈을 이룰 수 있게 하소서
하나님의 꿈꾸는 자로 하루하루 살게 하소서

주님,
나의 마음이, 나의 꿈이
나의 뜻대로가 아닌
온전히 주님의 뜻대로
움직여지게 하소서

나를 다듬으시는 주님
나의 꿈을 다듬으시는 주님

나를 다듬고 나의 꿈을 다듬으사
오직 주님의 일꾼으로,
주님의 뜻 이루는 자로 살게 하소서

너에게 가는 길

하나님께서 너에게 가는 길을 보여주신다
이 길은 넓고 좋은 길이 아니라
좁고 걷기 힘든 그런 길이다

하나님께서 너에게 가는 길을 가라고 하신다
한 발자국 가는 그 시간이 너무 길고
한 발걸음 걷는데 너무 힘겹다

하나님께서 너에게 가는 길을 재촉하신다
난 아직도 이 길이 낯설다
난 아직도 이 길의 끝이 무언지 모른다

하나님께서 너에게 가는 길로만 가라고 하신다
자꾸 쉬운 길로 가고 싶어지고
편안한 길로 가고 싶다

하나님께서 너에게 가는 길을 좌우에
치우침 없이 가라고 하신다
쉬고 싶어지고 다른 길로도 가고 싶다

하나님께서 너에게 가는 길에 도착할 예정이라고 하신다

그러나 난 아직도 너에게 가고 있다
가고 있는 중이다

함께 있게 하시고

함께 있게 하시고
지키게 하시고
견디게 하시고
버티게 하시고
기다리게 하신다

더 오래 함께할 수 있는 마음과
더 지킬 수 있는 힘과
더 견딜 수 있는 인내와
더 버틸 수 있는 지혜와
더 기다릴 수 있는 끈기를

의인의 세대

주님이 원하시는 세대 되게 하소서
믿음의 세대 되게 하소서

우리의 세대가 주님이 원하시는
세대 되게 하여 주소서

우리가 세대가 의인으로
준비되게 하소서

하나님이 우리 세대와
함께 하소서

깨끗한 손을 가진 세대
순결한 마음을 가진 세대

마음에 하나님의 생각을 가진 세대
주님의 마음을 품은 세대

하나님을 찾는 세대
하나님의 얼굴을 구하는 세대
되게 하여 주소서

여호와의 복을 받은 세대
의로운 세대라 인정받는 세대
되게 하여 주소서

하나님과 함께라면

하나님과 함께라면
나 두려울 것 없네

하나님과 함께라면
무서울 것 전혀 없네

하나님이 내 옆에서
내 길을 이끄시니
나 다시 일어나리

내 앞길 캄캄해
어디로 가야 할지 모를 때

하나님이 함께라면
나 두려울 것 없네

하나님이 내 옆에서 든든하게
내 길에 빛을 비춰 주시니

하나님이 함께라면
나 담대하게 이 길을 걸어가네

With you

언젠가 당신과 함께 찬양하게 되기를
언젠가 찬양이 당신 삶 속에 전부가 되기를

언젠가 당신과 함께 춤을 추게 되기를
언젠가 춤으로 하나님의 마음이 드러나기를

언젠가 당신과 함께한 공간에 서 있기를
언젠가 그 공간에서 주님만 찬양하기를

언젠가 당신과 함께 있다면
무슨 일이든지, 무엇을 하든지
하나님만 높이기를

모든 것을
아시는 주님

다 말하지 못해도
모든 것을 아시는 주님

모든 것을 아셔도
묻지 않으시는 주님

묻지 않으셔도
나의 맘 아시는 주님

나의 맘 알아도
묵묵히 기다리시는 주님

좋은 사람 만나는 법

좋은 사람 만나는 법은
기도하는 사람 만나기
찬양하는 사람 만나기
눈물 흘리는 사람 만나기
말씀 읽는 사람 만나기

좋은 사람 되는 법은
기도하는 사람 되기
찬양하는 사람 되기
눈물 흘리는 사람 되기
말씀 읽는 사람 되기

나는 이 중에서 어떤 사람일까?

이 시간을 묵묵히
버티고 있을 너를 위해

힘들어하고 있을 너에게
나의 손을 내민다

도망치고 싶어하는 너에게
나의 손을 내민다

이세상 누구도 너를 반기지 않을 때
이세상 어느 곳에도 너를 원하지 않을 때도
나의 손을 내민다

나의 손을 잡을 때
너는 비로소 나의 사랑이 되고

나의 손을 잡을 때
너는 비로소 나의 존귀한 자라

좁고 좁아진 너의 인생 속에
나를 찾으라

나는 항상 너를 기다리고
기다리고 있단다

이시간을 묵묵히 버티고 있을 너를 위해

• PART 6 •

하루 그리고 삶

주의 신실함을 보이시고

주가
신실한 사람에게
주의 신실함을 보이시고

주가
흠 없는 사람에게
주의 흠 없음을 보이시니

주가
순결한 사람에게
주의 순결함을 보이시고

주가
마음이 비뚤어진 사람에게
주의 빈틈없음을 보이시니

주의 길은 완전하고
주의 말씀 흠이 없네

고통받는 자를 구원하시고
교만한 눈 낮추시니

주께서
나를 둘러싼 어둠을 밝히시고
내 등불을 켜 두시네

주를 신뢰하는 모든 사람
주가 지켜 주시네

하나님을 바라보고 찾고 생각하는 삶

주님,
나의 해묵은 습관이
주님을 막지 않게 하소서

주님,
나의 고정관념이
주님을 막지 않게 하소서

주님,
나의 지식이
주님을 막지 않게 하소서

내가 하나님을
바라는 삶을 살기 원합니다

내가 하나님을
찾는 삶을 살기 원합니다

내가 하나님을
생각하는 삶을 살기를 원합니다

나의 삶 전체가
하나님을 바라게 하시고

나의 삶 전부가
하나님을 찾게 하시고

나의 삶 모두가
하나님을 생각나게 하소서

하나님이
주신 옷을 입고

너는

하나님이 택한 자니

거룩한 자이며

사랑받는 자라

긍휼의 옷 입고 하나님께 나아오라

자비의 옷 입고 하나님을 찾으라

너는

하나님이 택한 자니

거룩한 자이며

사랑받는 자라

겸손의 옷 입고 하나님께 엎드리어

온유의 옷 입고 하나님을 바라니

하나님께서 기뻐하시는 자라

오래 참음의 옷 입으니

하나님이 주신 뜻을

인내로 아는 자라

주님께서
허락한 이 시간을

주님께서 허락한 이 시간을
내가 아낌없이 주 위해 쓰게 하소서

주님께서 주신 이 시간을
내가 주의 뜻으로 가득 채우게 하소서

주님께서 우리에게 주신 이 시간들을
주만 의지하오니
우리의 삶이 더욱 주로 채워질 때
주님 기뻐하시네

주님께서 우리에게 주신 이 시간들을
주께 항상 물어보오니
항상 주의 뜻만 찾습니다

지키시고 두려움 없게 하사 다시 주님을 찾을 때
주님 기뻐하시네

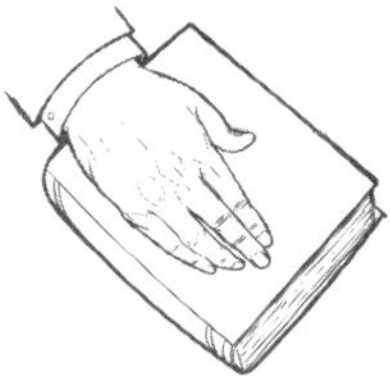

하루가 시작되네

아침에 높은 하늘을 바라보며
주님이 주신 하루가 시작되네

모든 일상 가운데
주님 찾으니
주님 기뻐하시네

저녁에 달과 별 바라보며
주님이 주신 하루가 마무리 짓네

모든 일상 가운데
주님 지키시니
나 두려움 없네

나 어느 때든지 하루가
주님으로 채워짐을 아네

나 어느 때든지 하루가

주님으로 가득하네

하나님의 계획 안에

내가 힘들 때 헤맬지라도
주님 붙들고 의지하오니
주의 계획에 있게 하소서

내가 기쁠 때, 즐거울 때도
주의 임재를 알게 하시니
주의 계획에 있게 하소서

내가 좁은 시야 갖지 않기를
좁은 마음을 품지 않기를

믿음의 세대

믿음의 세대
회복하게 하소서
믿음의 세대
일어나게 하소서

이 땅 다시 회복하게 하소서
우리가 밟고 있는 이 땅이
다시 회복되길 원합니다

쓰러진 영혼을 봅니다
울고 있는 영혼을 봅니다
아파 상처 난 영혼을 봅니다
울부짖는 영혼을 봅니다

간절히 원하오니
한 영혼 한 영혼을 불쌍히 여기소서
한 영혼 한 영혼을 구원하소서

간절히 바라오니
한 영혼 한 영혼 귀히 여기소서
한 영혼 한 영혼을 살리소서

믿음의 세대
회복하게 하소서
믿음의 세대
일어나게 하소서
이 땅 다시 회복되게 하소서

온전한 빛

어둡고 깜깜한 이 세상 속에서
주님을 찾습니다

힘들고 지친 이 세상 속에서
주님을 찾습니다

온전한 빛으로 오신 주님
내가 주를 높이리

절망과 고통에서 헤매일 때
온전한 빛 비추네

머뭇거리면서 헤매일 때
온전한 빛 비추네

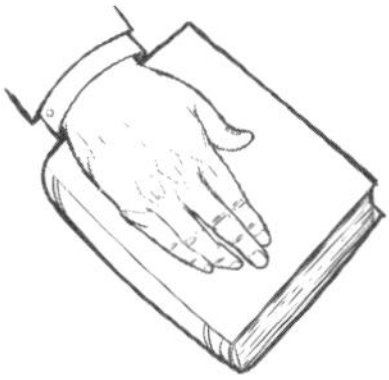

아이의 얼굴에서

아이의 얼굴에서
주님을 보네

아이의 모습에서
주님을 발견하네

아이의 장난치는 모습에서
아이의 까르르 웃는 모습에서
아이의 말하는 표정에서
아이의 웃음이 항상 가득하길 믿네

아이의 얼굴에서
나의 맘 평안 누리네

아이의 모습에서
나의 삶이 기쁨으로 가득하네

아이의 기도손에서

아이의 찬양 소리에서

아이의 율동 속에서

아이의 웃음이 항상 가득하길 원하네

• PART 7 •

그분의 뜻 I

감사

어제 힘들어도
오늘 감사함을 주셔서 감사

지난주에 아파도
이번 주 감사함을 주셔서 감사

지난달 괴로워도
이번 달 감사함을 주셔서 감사

지난해 고생해도
이번 해 감사함을 주셔서 감사

깨달음

주님께서 주시는 기쁨
오늘 하루 기뻐하라시던

주님께서 가르쳐 주신 사랑
항상 서로 사랑하라시던

주님께서 말씀하신 위로
이웃을 위로하며 살라시던

주님께서 내게 향한 말씀
말씀 속에 깨달음을 허락하신

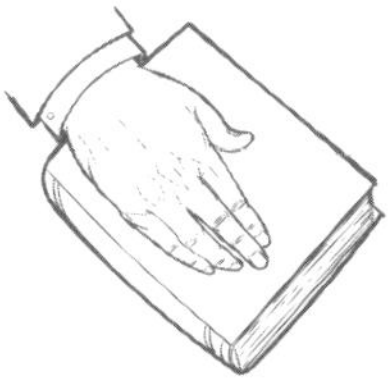

특새 후유증

특새가 끝난 뒤
다음 주가 어김없이 찾아왔다

새벽기도 갈까 말까
이른 새벽 일어나도 고민 중

다시 잠들려고 하는데 가고 싶은
그래도 억지로 잠을 청한다

하루, 이틀, 계속 하루가 지나
일주일 마지막 새벽 기도회 날이 왔다

갈까, 말까
결국 가지 못하고 마음속엔 후회

그다음 주는 갈 수 있으려나?
계속 난 고민 중

아무것도
할 수 없을 때라도

아무것도 할 수 없을 때라도
주님만은 생각나게 하소서

아무것도 할 수 없을 때라도
찬양은 할 수 있게 하소서

아무것도 할 수 없을 때라도
말씀 안에 거하게 하소서

주님만 알게 하소서

우리가 어느 상황에 있더라도
우리가 어느 곳에 있더라도
주님만 알게 하소서

우리가 지금 힘들지라도
우리가 지칠 때라도
주님만 바라보게 하소서

우리가 너무 바쁠지라도
우리가 잠시 헤매일지라도
주님을 중심에 두게 하소서

우리가 주님의 마음으로,
주님의 생각으로
더 가득 차게 하소서

아픔 속에서도

우리가
아픔 속에서도
하나님께 감사함은
하나님이 우리의 아픔을
감싸주시기 때문이다

우리가
방황하는 중에도
하나님께 감사함은
하나님이 우리의 방황을
아시고 함께하시기 때문이다

우리가
고난 가운데에도
하나님께 감사함은
하나님이 우리의 고난을
준비하여 주님의 일꾼으로 준비시키기 때문이다

당연하지 않은 것들이 익숙해짐에 따라

당연하지 않았던 것들이
당연한 것이 되면서
익숙함이 자리 잡았다

다시 당연한 것들이 찾아와도
당연한 것을 선택할 수 있을까?

오늘 왠지
익숙함이 깊이 자리 잡는다

다시 당연한 것들을 향해
부지런해질 수 있을까?

다시 당연한 것들을 위해
전진하며 담대히 맞다고 할 수 있을까?

하나님이 원하신 것은

광야의 길에서
하나님이 원하신 것은
온 마음 다해 주님을 찾는 것

삶의 여정 속에서
하나님이 원하신 것은
온 마음 다해 주님을 의지하는 것

내가 진정 온 맘 다해 주님을
찾길 원합니다

내가 진정 온 맘 다해 주님을
의지하기 원합니다

순종의 길

하나님께서 사랑하셔서
주님의 사람으로 부르셨네

하지만 주의 뜻
순종하기 힘들어했네

하나님께서
기다리시고 기다리시네

순종의 길로 가는 마음
기다리시네

하나님께서
기다리시고 기다리시네

주님의 뜻 순종하는 맘
기다리시네

주님께

주님,
제가 지금 분주함 속에 살고 있습니다
이 시간 속에서 제가 주님을 계속
찾고 있는지요?

주님,
제가 바쁨 가운데 있습니다
이 시간 속에서 저는 하나님이 바라는 삶을
살고 있습니까?

주님,
제가 순간순간 주님의 뜻을
구하게 하여 주소서

주님,
제가 순간순간 주님을
찾게 하여 주소서

항상 기뻐하고

내가 근심하는 자 같으나
항상 기뻐하고

가난한 자 같으나
사람을 부유하게 하고

아무것도 없는 자 같으나
모든 것을 가진 자로다

오직 모든 일에 기도와 간구를
구하리라

주님은 나의 힘이 되시며
주님은 나의 피난처이며
주님은 나의 도움이시며
주님은 나의 자랑이시네

오직 모든 일에 온전히 주님만
의지하리

· PART 8 ·

그분의 뜻 II

내가 주님만 자랑합니다

내가

주님만 하루종일

자랑합니다

내가

주 이름 찬양합니다

내가

주님만 매일매일

자랑합니다

언제나 주의 이름

찬양합니다

나의 욕심 내려놓고

나의 생각을 내려놓고
하나님 나라 꿈꾸게 하소서

나의 욕심을 내려놓고
주님의 뜻을 구하게 하소서

나의 생각을 내려놓을 때
주님 나에게 다가오시네

나의 욕심을 내려놓을 때
주님이 나를 축복하시네

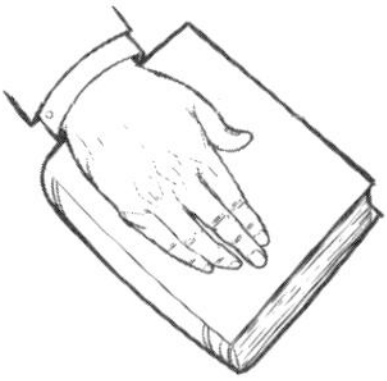

내가 작은 빛 되어

내가 하나님의 작은 빛이 되어
세상을 비출 때
주님 기뻐하죠

내가 하나님의 작은 밀알 되어
세상 속으로 나아갈 때
주님만 의지하죠

내가 하나님의 작은 소리되어
세상 속에서 외칠 때
주님이 들으시죠

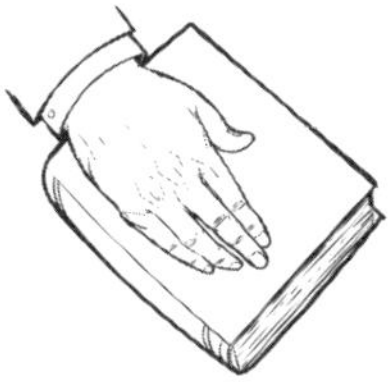

내게 주신 달란트

주님께서
내게 주신 달란트
작은 달란트
주님 위해 쓰길 원하네

주님께서
내게 주신 은사
작은 은사
주님 위해 쓰길 원하네

주님께서 이 모든 것 주셨으니
내게 주어진 이 작은 달란트
나 주님 위해 쓰여지길 원하네

주님께서 이 모든 것 주셨으니
내게 주어진 작은 은사
나 주님 위해 쓰여지길 원하네

오직 주의 뜻만

오직 주의 뜻만
이루어지길 원합니다

나의 뜻이 아닌
나의 의지가 아닌
나의 생각이 아닌

오직 주의 뜻만
이루어지길 원합니다

주의 뜻만 세워지게 하소서
주의 뜻을 이룰 자들로 채우소서
나 오직 주의 뜻만 이루며 살겠습니다

나의 뜻을
하나님 앞에 내려놓기

주님께서
내가 아무것도 하지 못하게 하심은
하나님 앞에 나의 뜻을 내려놓기 원하심이라

주님께서
내가 조금하게 하심은
하나님 앞에 나의 뜻보다 하나님의 뜻을 구하였음이라

주님께서
내가 조금 더 하게 하심은
하나님 앞에 하나님 뜻을 구하였음이라

주님께서
내가 완전히 하게 하심은
하나님 앞에 온전히 순종하였음이라

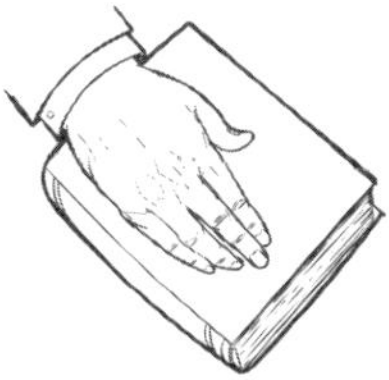

주님께 모든 것을 맡깁니다

주님이 지금 내게 하시려는 일은
나를 위해 가장 좋은 것을
주시기 위함이라

주님이 앞으로 하려는 모든 일은
나를 위해 가장 좋은 것이 되리라는 것을
알게 하심이라

주님께 모든 것을 맡깁니다
주님께 모든 것을 맡깁니다

내가 주님 말씀만 듣게 하소서
내가 주님 음성만 듣겠습니다

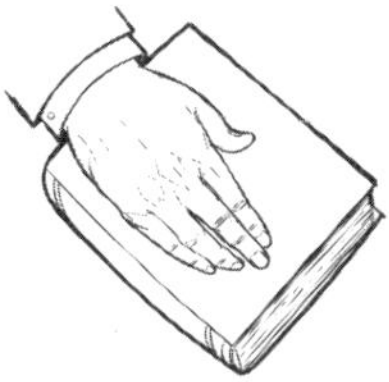

힘든 하루를 보내고

힘든 하루를 보내고
주님 앞에 내가 옵니다

아무 말 없이 주님 앞에
엎드립니다

힘든 하루를 보내고
주님께 가까이 옵니다

기도가 눈물 되고
눈물이 기도가 되니

아무 말 없이
아무것도 묻지 않으시고

주님은 나를
안아 주시네

하나님이 나를 아시니

하나님이 나를 아시고
나의 상황을 아시니

내가 무엇을 하든지
어디에 거하든지

하나님이 나를 아시고
나의 상황을 아시니

내가 궁핍에 있든지
풍부에 있든지

하나님이 나를 아시고
나의 상황을 아시니

내가 길을 잃을 때도
길을 가고 있어도

하나님께서 나로
모든 상황에 있게 하시니

내가 의지할 분
주님밖에 없음이라

하나님께서 나로
모든 상황에 있게 하시니

내가 의지할 분
주님밖에 없음이라

내 삶이
한 걸음 나아갈 때

주님,

앞에 길이 막힌 듯 보입니다

어떻게 해야 할지

어찌해야 할지 잘 모르겠습니다

주님,

잘하고 있는지 모르겠습니다

가르쳐 주시고

말씀하여 주셔서

다시 일어나

주의 뜻을 구하게 하소서

앞으로 전진하게 하소서

나의 생각과 나의 의지가

또다시 주님의 생각과 주님의 뜻에

부딪치지 않게 하소서

내 삶이 한 걸음 나아갈 때

주님의 뜻 함께하기를 원합니다

하나님의 영역으로 가득하길

나의 삶이 하나님의
영역으로
가득하길 원해요

나의 삶이 하나님의
선함으로
가득하길 원해요

하나님 영역으로 가득할 때
우리 승리케 하시네

하나님 영역으로 가득할 때
우리 승리케 하시네

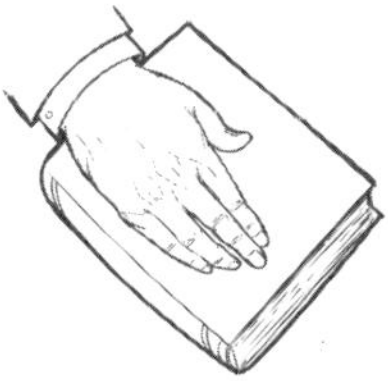

주님은 나를
건져 내는 분이시니

앞이 캄캄하여
보이지 않을 때
하나님을 찾습니다

한 걸음조차 내딛지 못할 때
하나님을 바라봅니다

주님은 모든 것이시니
나의 도움, 나의 산성
나의 피난처시니

주님은 나를 건져 내는 분이시니
나의 도움, 나의 산성
나의 피난처시니

주님은 나의 하나님이시니
내가 아무것도 두렵 없네

내가 주를 사랑합니다

내가 주를 사랑합니다
내가 주를 사랑합니다

주가 높은 곳에서
손을 뻗어
나를 꼭
붙잡아 주시고

주가 깊은 물 속에서
건지시니
나는 두려워하지 않으리

주가 강력한 적에게서
나를 구하시고

환란의 때에
막았던 모든 것에서
내 도움되시도다

나는 두려움 없네
주가 나의 도움되시니
나는 그 무엇도
두렵 없네

성소의 휘장이
찢어지고

예수님의 십자가 죽으심으로

성소의 휘장이 찢어지네

예수님의 고통과 아프심으로

성소의 휘장이 찢어지네

예수님의 희생으로

성소의 휘장이 찢어지네

성소의 휘장이 한가운데로

위에서 아래로 찢어지니

우리의 죄로 인해

갇혀진 모든 계획과 소망

하나님이 이끄시고

하나님이 여시네

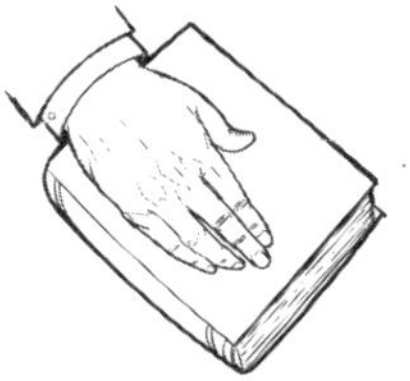

하나님 손으로
행한 일을 찬양합니다

하나님의 손가락으로 행하신 모든 일
찬양합니다

하나님의 손으로 행하신 모든 일
찬양합니다

하나님의 능력으로
우리가 주를 찬양합니다

하나님의 구원으로
우리가 주를 찬양합니다

하나님 손으로 행하신 일
모두 찬양해

하나님 그 손의 힘으로
이끄시네

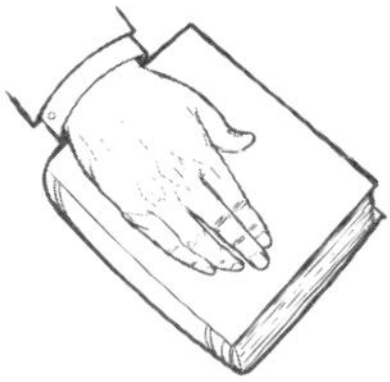

그래도 예수님은 너를 사랑해

초판 1쇄 발행 2022. 4. 8.

지은이 승아
펴낸이 김병호
펴낸곳 바른북스

편집진행 임윤영
디자인 최유리

등록 2019년 4월 3일 제2019-000040호
주소 서울시 성동구 연무장5길 9-16, 301호 (성수동2가, 블루스톤타워)
대표전화 070-7857-9719 | **경영지원** 02-3409-9719 | **팩스** 070-7610-9820

•바른북스는 여러분의 다양한 아이디어와 원고 투고를 설레는 마음으로 기다리고 있습니다.

이메일 barunbooks21@naver.com | **원고투고** barunbooks21@naver.com
홈페이지 www.barunbooks.com | **공식 블로그** blog.naver.com/barunbooks7
공식 포스트 post.naver.com/barunbooks7 | **페이스북** facebook.com/barunbooks7

ISBN 979-11-6545-685-6 03810